KB021438

한 번뿐인 인생은 어떻게 살아야 하는가

한 번뿐인 어떻게 인생은 살아야 하는가

박찬위 에세이

 HIGHEST

프롤로그

시간은 한정적이고 인생은 한 번뿐이다.

세상의 빛을 본 그 순간부터
죽음으로 나아가는 여정, 그것이 삶이고
그렇기에 살아 숨 쉬는 모든 순간은 가치 있다.

그러나 분명 우리의 여정은 순탄치 않을 것이다.
끝없이 찾아오는 고난과 시련의 연속,
그 속을 헤쳐나가며 행복을 이루는 과정은
험난한 모험이 아닐 수 없다.

그렇지만 우리는 해내야 한다.
그것이 삶이 우리에게 주어진 이유다.

단 한 번뿐인 소중한 인생,
죽는 것은 이미 정해진 일이니
최대한 자주 행복하게 살자.

삶의 끝자락에서 지난 시간들을 돌아볼 때
회귀할 수 있다면 기꺼이 태어날 때로 돌아가서
지금까지의 인생을 다시 살아도 좋겠다고
생각할 만큼 아름다운 인생을 살자.

차례 ————————————————————

3부 　　　찬란한 인생을
위하여

1부

한 번뿐인

삶을

대하는 태도

우리는 모두 연약하다

— 사람은 누구나 연약하다.

우리는 모두
세상의 빛을 본 그 순간부터
누군가의 보호가 필요하고

살아가면서
가슴 아픈 일들이 있을 때
누군가의 말 한마디에
위로를 받기도 하고

혼자임에 공허해질 때면
누군가가 곁에 있는 것만으로도

안정을 얻곤 한다.

왜일까.
사람은 혼자서는 살아갈 수 없는
연약한 존재이기 때문이다.

그래서 인간에게
외로움은 가장 큰 슬픔이며,
이별은 가장 큰 아픔인 것이다.

우리는 혼자서 아무것도 할 수 없다.
가족과 연인과 친구가 필요하다.
그들과 서로 돕고 사랑을 나누며

살아갈 때 비로소 온전해질 수 있다.

그러니 당신도
남에게 폐를 끼치기 싫다며,
힘든 건 나 혼자로 충분하다며
억지로 괜찮은 척, 밝은 척하며
아등바등 살아가지 않기를 바란다.

힘들 때는 울어버리기도 하고
불안정할 때는 기대기도 하면서
가끔은 연약한 본모습을 보여도 좋다.

당신 곁에는

당신이, 그리고 당신을
사랑하는 사람들이 있다.

누구에게나 잘하는 것이 있다

— 사람마다 자신이 가진 재능이 다 다르기에
누구나 잘할 수 있는 것도,
조금 부족한 것도 있기 마련입니다.

그러니 살아가면서
마음처럼 잘되지 않는 것이 있더라도
우울해하거나 좌절하지 마세요.

분명 당신에게는 당신만이 잘할 수 있는
무언가가 반드시 있을 것입니다.
아직 본인이 찾지 못했을 뿐이에요.

세상에 그 어떤 누구도

모든 것을 잘하는 사람은 없습니다.

영화를 예로 들자면
감독은 연출을 잘합니다.
작가는 대본을 잘 씁니다.
배우는 연기를 잘합니다.

한 사람이 이 모두를
완벽하게 잘할 수는 없을 것입니다.
그렇기에 각자 잘하는 것을 맡아
서로의 부족함을 채워주니
완성도 높은 영화가 만들어지는 것입니다.

당신이 연출에 도전했는데

마음처럼 잘되지 않았다고 하더라도

알고 보니 대본을 잘 쓸 수도 있고,

연기를 잘할 수도 있습니다.

아직 자신이 잘하는 것을 찾지 못했을 뿐입니다.

계속 무언가에 도전해 보세요.

당신의 재능이 빛나는 순간이 올 것입니다.

1도의 차이

— 물이 얼기 시작하는 온도는 0도다.

고작 1도의 차이지만
1도에서는 얼지 않고
0도에서는 얼기 시작한다.
그때부터는 온도가 점점 내려갈수록
경도는 단단해지며 액체였던 물은
확실한 모양을 가진 고체가 된다.

이렇듯 1도의 차이가 큰 변화를 가져온다.

사람도 마찬가지다.
0도가 되기 전에 1도일 때는

액체처럼 자신의 모양도 없이
이리저리 흘렀다가 갈라졌다가
주변의 모양에 맞춰지며 살아간다.

하지만 1도만 더 냉정해져서 0도가 된다면
그때부터는 모양이 잡히기 시작한다.
서서히 형체는 뚜렷해지고 그대로 단단해진다.

더 이상 흘러내리지도, 갈라지지도,
주변의 모양에 맞추는 것도 아닌
온전한 내 모양, 내 인생이 완성되는 것이다.

그러기 위해서는

지금보다 1도만 더 냉정해져야 한다.
어떤 상황에서도 휩쓸리지 않고
침착하게 대처할 줄 알아야 하며
주변 사람에게 다 맞추려고만 하지 말고
자신만의 신념과 소신을 지켜야 한다.

1도만 냉정해졌을 뿐인데
1도였던 나는 0도가 되어 얼기 시작한다.
액체가 아닌 고체가 된다.
내 모양대로 살아가게 된다.

고작 1도의 차이로
내 인생에 큰 변화가 찾아온다.

어떡해? 가 아닌 어떻게?

— '어떡해?'라는 말은 인생에서 지워버리세요.
'어떻게?'라는 말만 남겨두세요.

어떡하냐며 걱정만 해봤자
아무것도 달라지지 않습니다.
어떻게 할까?라며 방법을 찾는다면
길이 보일지도 모릅니다.

많은 사람들이 걱정에 시간을 할애하며
현재를 괴롭게 살아갑니다.
그러나 걱정은
걱정을 사라지게 하는 것이 아닙니다.
오히려 걱정이 걱정의 몸집을 키우는 것입니다.

걱정한다는 것은

미래에 다가올 고통을 예감했다는 것인데

최악의 상황으로 그게 현실이 된다고 한들

미래의 고통에 벌써부터 아파하는 것은

어리석은 짓입니다.

걱정도 올바르게 해야 합니다.

걱정의 참된 목적은

미래에 다가올 고통에 대비하는 것.

그에 맞게 조금이라도 고통을 덜어낼 수 있는

방법을 찾아야 합니다.

더 이상 어떡하냐며 발만 동동 구르지 마세요.

어떻게 하면 좋을지 방법만 찾으세요.

아무리 찾아도 모르겠다면

그냥 생각을 멈추고 더 이상 걱정하지 마세요.

설령 우려했던 일이 벌어지게 되더라도

당신이 아파할 시간은 지금이 아닙니다.

삶이 허무할 때면

— 문득 모든 게 허무해질 때가 있다.

한때는 굼뜬 시곗바늘이 야속하기만 했는데
어느덧 세월이 이만치 흘렀을 때

살면서 그렇게 많은 사람들을 만났는데
정작 지금 내 옆에 남은 사람은
없는 것 같다고 느껴질 때

숨이 차게 바쁜 일상 속에서
어느 날 나는 무엇을 위해
이렇게 달리고 있나 회의감이 들 때

행복해지고 싶다 말하지만
사실 행복이란 추상적인 단어의 실체가
무엇인지도 모르겠고

그저 모든 게 부질없다고 느껴지고
그렇게 허무에 젖다 보니
다 내려놓고 싶어질 때가 있다.

삶의 의미를 잃어버린 순간,
이 순간에 필요한 건 쉼표다.
여기서 잠깐 쉼표를 달고
마음을 재정비하는 것이다.

어딘가로 멀리 여행을 떠나는 것도 좋다.

어릴 적 친구들을 찾아가는 것도 좋다.

사랑을 시작하는 것도 좋다.

하고 싶었지만 못했던 일을 해보는 것도 좋다.

조용해진 가슴을 뛰게 하는 것이라면

무엇이든 좋다.

잔잔한 연못에는 작은 돌멩이 하나가 떨어져도

파동이 큰 법이다.

분명 그 속에서 삶의 의미를

되찾을 수 있을 것이다.

미래를 멋대로 단정 짓지 마라

— 오지 않은 미래에 덜컥 겁부터 내는 당신,

당신이 미래를 두려워하는 이유는
스스로가 이미 자신의 미래는
불행으로 가득 찰 것이라고 단정 지었기 때문이다.

이것은 너무 이른 체념이다.

한 치 앞도 모르는 게 인생인데
왜 미래를 섣불리 단정 짓고 두려워하는가?
당신은 그저 짐작하는 것일 뿐
미래를 내다보고 있는 것이 아니다.
모르는 것이다. 아직 오지 않았다.

당신이 걱정하는 미래는 현실이 아니고
당신이 만들어 낸 가상 속 세상일 뿐이다.

미래는 나도, 당신도, 누구도 알 수 없다.
알 수 없기에 걱정되기도 하겠지만
알 수 없기에 기대할 수 있는 것이다.

예상치 못한 인연이 찾아올지도,
예상치 못한 기회가 찾아올지도,
예상치 못한 선물이 찾아올지도 모른다.

어떤 행복이 찾아올지 모른다며 기대하는 것,
그것이 미래를 대하는 올바른 자세다.

분노도 내가 다루기 나름이다

—— 분노는 마치 양날의 검과 같아서
자신을 망가뜨릴 때도 있지만
좋게 작용하면 그 무엇보다 강한 자극이 되어
내가 성장할 수 있는 양분이 되어주기도 한다.

그렇기에 중요한 건
분노를 다루는 방법을 익히는 것이다.
세상에 그 어떤 위험한 것도
내가 다루기 나름이다.

칼끝이 사람에게 향하면 흉기가 되고
음식에게 향하면 요리가 된다.
분노도 내 손에 쥐어진 이상

그것이 재앙이 될지 도움이 될지는 나에게 달렸다.

분노를 올바르게 다루는 방법은
먼저 자제력을 잃지 않는 것이다.
자제력을 유지하려면 끓어오르는 순간에
딱 한 번만 참으면 된다. 그 순간을 참지 못한다면
이성의 끈을 놓고 그릇된 행동을 하게 된다.

한 번만 참으면 감정은 차가워진다.
끓인 물을 얼리면 투명해지듯
끓었다가 차가워진 감정은 투명하기 때문에
앞으로 어떻게 해야 할지가 명확히 보인다.

그리고 분노에서 얻은 독기를

차가워진 감정에 더하면 된다.

명확한 시선에 무엇보다 강한 동력이 함께하니

그것은 곧 나를 크게 성장시킬 것이다.

인생은 과정이다

— 인생에는
    영원한 실패도, 영원한 성공도 없다.

    중간중간 작은 결과들이 있을 뿐,
    그것들은 삶이라는 긴 여정 속
    셀 수 없는 정거장에 불과하다.

    당신은 실패한 것이 아니다.
    당신은 성공한 것도 아니다.

    뜻대로 이루어지지 않았다고
    좌절하며 무너지지도,
    좋은 결과가 있었다고

들떠서 거만해지지도 말아야 한다.

당장의 작은 결과에 연연하지 말자.
길게 보고, 넓게 보자.
결국 훗날 돌아보면
그리 신경 쓸 것이 아니라는 것을
깨닫게 될 것이다.

우리는 실패냐, 성공이냐에
중점을 둘 것이 아니다.
진짜 중요한 것은 그 속에서
어떤 의미를 찾느냐이다.

실패했든, 성공했든

그 여부를 떠나 내가 느낀 것들이 있고,

그로 인해 더욱 발전할 수 있다면

더 이상 실패냐 성공이냐 따지는 것은

무의미하다.

인생은 과정이다.

실패해도 과정이다.

성공해도 과정이다.

죽음이 방해하지 않는 한

우리는 계속 나아갈 수 있다.

사람이 평생 동안 웃는 시간

— 사람이 평생 살면서
웃는 시간이 얼마나 되는지 알고 있나요?

인생을 80년이라고 가정했을 때 평균
일하는 시간은 26년,
잠자는 시간은 22년,
먹고 마시는 시간은 6년,
걱정하는데 쓰는 시간은 10년.

그러나 웃는 시간은
평생 동안 89일밖에 되지 않는다고 합니다.

우리는 분명 행복하려고 열심히 사는데

80년이라는 긴 시간 동안

고작 89일 웃는다는 게 너무 억울하지 않나요?

당신은 마지막으로 크게 웃어본 게 언제인가요.

기억이 나시나요?

혹시 힘든 일, 신경 쓸 일이 많아서

웃을 여유가 없으셨나요?

그래도 오늘은 웃을 일을 만들어서라도

최대한 크게, 오래 웃어보세요.

아무 생각 없이 그냥 웃는 거예요.

행복하기 때문에 웃는 게 아니라

웃기 때문에 행복한 거라고 하잖아요.

웃으면서 삽시다. 웃어야 복이 와요.

자신의 가치를 의심하지 마라

── 바다를 보지 못했다고
바다가 사라지지는 않듯

당신의 가치를 보지 못했다고
당신의 가치가 사라지는 것은 아닙니다.

보지 못했다고 없는 것이 아니에요.
아직 당신이 발견하지 못한 것뿐입니다.
분명히 어디선가 빛을 내뿜으며 존재하고 있으니
당신은 찾아내기만 하면 되는 것입니다.

절대 스스로의 가치를 의심하지 마세요.
비록 당장은 눈앞에 보이지 않더라도

반드시 있을 것이라고 믿고
어두운 광산 속에 숨어있는
다이아몬드를 찾듯 나를 탐험한다면
결국 무엇보다 빛나는 자신의 가치를
찾을 수 있을 것입니다.

세상에 가치 없는 사람은 없습니다.
아직 자신의 진정한 가치를
발견하지 못한 사람만 있을 뿐입니다.

그러니 어깨 펴고 당당히 살아가세요.
당신은 결코 하찮은 존재가 아닙니다.
스스로의 진정한 가치를 찾았을 때

자신이 얼마나 고귀한 존재였는지
깨닫게 될 것입니다.

삶이란 내리는 비의 연속

— 비가 내리는 날이면
다들 빗줄기를 막기 위해 우산을 쓰겠죠.

하지만 우산을 쓴다고 한들
바짓자락이 젖는 것까지는
피할 수 없을 것입니다.

이처럼 살면서 우리에게 고난이 찾아왔을 때
아무리 막아보려고 하더라도
전부를 막아낼 수는 없을 것입니다.

피할 수 없는 아픔쯤은
감당할 줄 알아야 합니다.

삶은 내리는 비의 연속입니다.
고작 바짓자락이 젖는 것이 싫다고
밖으로 나가지 않는다면
우리는 아무것도 할 수 없습니다.

오히려 내리는 비를 다 맞게 되더라도
헤엄치듯 앞으로 나아가겠다는 용기를 가진다면
그 용기 속에서 사람은 성장합니다.

산다는 것은 원래 고통스러운 법입니다.
그리고 그 고통은 외면할수록 짙어집니다.
피하지 않고 직면하여 헤쳐나간다면
그 과정 끝에 행복을 얻을 수 있습니다.

꿈은 우리를 시험한다

— 꿈은 누구나 꿀 수 있지만
  아무에게나 허락되는 건 아니야.
  꿈이 그저 꿈에서 그치지 않으려면
  두 가지 자격을 갖춰야 해.

  믿음과 인내.

  어떤 상황에서도 나를 믿고
  포기하지 않는 인내를 가져야 해.

  꿈은 우리를 시험하거든.
  자신을 가질 수 있을 만큼의
  그릇인지 확인하려는 거야.

그래서 계속 고난을 줘.

그 고난 속에서
끝까지 스스로를 믿고 버텨내는
끈질긴 근성을 가진 사람에게
마음을 열고 다가와.

그러고는 그동안 미안했는지
지난날의 힘듦은 생각도 안 날 만큼
큰 행복으로 보상해 주지.

우리 견디고, 또 견디자.
끝까지 한 번 버텨보는 거야.

포기하지만 않으면 돼.

그럼 언젠가 꿈에게 인정받는 날이 올 거야.

불행으로부터 나를 지켜주는 건
행복했던 기억들이다

— 불행은 언제나
　　예고 없이 내 삶에 끼어들고,
　　마음이 무너지려 할 때마다
　　우리를 지켜 준 것은
　　언제나 그랬듯 행복했던 기억이다.

　　과거 속의 시간은 지나가지만
　　그 시간 속의 행복했던 추억들은 지나가지 않고
　　내 마음속 한 편에 숨어있다가
　　살다가 지치고 괴로운 순간들이 오면
　　존재감을 드러내며 그에 맞선다.

　　아무리 작고 사소한 행복이라도

그것이 훗날 발휘하는 힘은
결코 작고 사소하지 않다.

친구들과 술잔을 기울이며 나눴던 대화,
가족들과 모두 모여 먹었던 저녁 한 끼,
생각 없이 웃을 수 있었던 모든 순간들.

당시에는 사소할지 몰라도
그 사소한 행복들이 모이고 다듬어져
어느 날 불현듯 찾아오는 불행으로부터
나를 지켜 줄 방패가 된다.

그러니 당신아,

매 순간 곁에 있는 행복을

빠짐없이 힘껏 누리며 살아가길 바란다.

행복했던 추억이 많으면 많을수록

방패는 견고해질 테니까.

이토록 못난 나라도

— '나 자신을 사랑하라'

솔직히 너무 흔한 말이라
마음에 잘 와닿지 않을 것이다.
또는 잘 알고 있지만
스스로의 모난 점들이 자꾸 눈에 밟혀
차마 자신을 품어주지 못하는 사람도 있겠지.

하지만 분명히 말하고 싶은 건
나를 사랑해 주지는 못하더라도
자기혐오에 빠지는 것을
방치해서는 안 된다는 것이다.

'당신은 있는 그대로 사랑스러운 존재이니
스스로를 미워하지 마라'와 같은
뻔하고 감성적인 말을 하려는 것이 아니다.

초라하고 부족한 나조차
결국 나라는 것을 인정하라는 것이다.
왜 그리도 못났냐며 호통쳐봤자
바뀌는 건 아무것도 없다.

자기 자신을 인정하고 받아들일 때,
내가 나의 치부를 똑바로 마주할 때
오히려 사람은 그 순간에 성장한다.

스스로를 사랑하는 게 가장 어려운 당신,
세상에 완벽한 사람은 없다는 걸
알아주길 바란다.

조금은 자신을 애틋하게 바라봐 주기를.

가능한 친구들과 많은 추억을 쌓아라

── 과거에는 학교에만 가면
지겹고도 반가운 얼굴들과 뭉쳐
항상 주변이 시끄럽고도 따듯했다.

군이 학교가 아니더라도
동네만 돌아다니면 모여있던 친구들과
정신없이 놀다 아쉽게 집에 가곤 했고,
성인이 되어서는 한껏 들뜬 마음에
술잔을 기울이며 함께 취해갔다.

시간 가는 줄도 모르게
생각 없이 웃고 떠들었던 순간들.

모든 게 당연했던 일상이었지만
점점 시간이 지날수록
당연했던 일상들과 멀어지고
당연했던 친구들과 멀어지다 보니

살다가 문득 외로워지는 날이면
그 당연했던 순간들이
무던히도 그리워지기 마련이다.

그렇기에 우리는 반드시
점점 더 기회가 적어질 친구들과의
만남을 소중히 해야 한다.

예전처럼 자주 볼 수는 없겠지만

어쩌다 여건이 허락될 때면

최대한 많은 시간을 함께 보내며

그 순간들을 가슴속에 담아두어야 한다.

그 추억들만이 지친 내 삶에

살아갈 의미가 되어줄 테니까.

인생에 한 번쯤은

── 인생에 한 번쯤은
심장이 터질 것 같은 삶을 살아보자.

스스로의 한계를 넘어
드높은 목표에 도달해 보자.

살면서 그런 경험 한 번쯤은 있어야
제대로 살았다고 말할 수 있는 것이다.
성취에서 오는 자신감과 뿌듯함은
상상 그 이상의 행복을 선사한다.
삶의 만족도 자체가 달라지는 것이다.

가장 후회스러운 인생은

실패를 많이 한 인생이 아니라
시시하게 흘려보낸 인생이다.

어차피 태어난 거,
세상에 내 발자국 크게 하나 남겨보자.
그 하나로 인한 자부심으로
평생을 당당히 살아갈 수 있다.

혹시 모르는 것이다.
하나를 이뤘더니 더 큰 목표가 생길지도.
주체하지 못할 자신감으로
끝없이 스스로를 발전시키며
정말 위대한 무언가를 이뤄낼지도.

그러니 당신아,

한 번쯤은 현재에 만족하기보다

고개를 들어 위를 향해 나아가라.

어쩌면 사람의 눈이

몸에 높은 곳에 위치한 이유가

지금의 자신보다

높은 곳을 보라는 게 아니었을까.

고통은 나를 강하게 한다

— 세상에는 나를 힘들게 하는 것들이
너무나도 많다.

잘하고 싶은 마음과는 다르게
자꾸만 엇나가는 꿈,
사랑하는 사람과의 이별,
나를 상처 내는 인간관계 등등

여기저기 치이고 쓸리며 쌓인 피로는
점점 그 몸집이 커져 결국 나를 무너지게 한다.

하지만 사실 그 고통들은
나를 무너지게 하는 것이 아니라

나를 더욱 강하게 만드는 것이다.

이 악물고 버텨내며 이룬 꿈,
결국 좋은 추억으로 남긴 이별,
내게 상처 줬던 사람들 덕에 얻은
사람을 보는 안목.

내가 겪었던 고통이 없었다면
마침내 이루고, 이겨내고, 깨우쳤을 때
그 성취 또한 없었을 것이다.

그러니 나를 힘들게 하는 무언가가 있다면
용감하게 맞서 싸우길 바란다.

그리고 마침내 이겨냈을 때
한층 더 성장할 수 있다.

우리는 살면서 수도 없이 많은 고난들과
싸워야만 하며 그 싸움에서 승리해야만 한다.
그것이 우리가 행복해질 수 있는 방법이다.

고통이 있기에 강해질 수 있는 것이고
강한 사람들이 행복을 쟁취한다.
그래서 고통은 때로
행복의 다른 말로 불리기도 한다.

일희일비하지 말자

── 그동안 숱하게 많은 날들이 지나가고
　새로운 오늘이 왔다.

　이대로 영원히 시간이 멈추길 바랄 만큼
　행복했던 날도 결국 지나갔다.
　제발 하루빨리 벗어나길 바랄 만큼
　괴로웠던 날도 결국 지나갔다.

　웃었던 날, 울었던 날, 설렜던 날,
　놀랐던 날, 화났던 날, 우울했던 날 등등
　좋았든 나빴든 모든 날이 지나갔다.

　그리고 오늘이 왔다.

우리에게 주어진 24시간,

어떤 하루가 될지는 모른다.

행복한 날이 될지도 모른다.

괴로운 날이 될지도 모른다.

세상에 무엇도 확실한 것은 없지만

한 가지 확실한 것은 결국은 오늘도 지나가고

우리는 또다시 새로운 오늘을 맞이할 거라는 것.

오늘 하루가 어떨지 모르겠으나

일희일비하지 말자.

오늘의 시간은 결국 소멸될 것이고

시간 속의 기억들만 가슴속에 남을 것이다.

행복했던 기억이든 아팠던 기억이든

훗날 그 기억들은 어떤 형태로든

가치를 빛낼 것이다.

아름다운 인생이란

— 아름다운 인생이란 무엇일까.

먼저 '아름답다'라는 말은 순우리말로
여기서 '아름'은 '나'를 뜻하는 말이라고 한다.

즉, 아름답다는 말은
어원적으로 나답다는 의미이고
아름다운 인생이란
나답게 사는 인생을 말하는 것이다.

다른 누구도 아닌
온전히 나로서 살아가는 인생,
그것이 아름다운 인생이다.

그러니 당신도 아름답게 살아가고 싶다면
조금 더 당신다워지길 바란다.

타인의 시선 따위 의식하지 말고
자신의 개성을 억지로 숨기지 말고
있는 그대로의 색깔대로 자유롭게.

이제는 '척'하는 삶에서 벗어나길.

당신이 진정으로 당신다워질 때
그 어떤 예술보다 아름다운 인생이 펼쳐진다.

삶이 권태로울 때

— 누구에게나 삶이 권태로워지는 순간이 온다.

무엇에도 흥미가 생기지 않고
좋아하던 일을 해도 즐겁지 않고
모든 것이 부질없게 느껴지며
아무것도 하기 싫어지는 그런 순간.

이 시기에는 깊은 허무에 빠져 있어
쉽게 우울감에 휩싸이곤 한다.

삶이 기대되지 않고
끝없이 무기력해지는 날이 반복될 때

많은 사람들이
새로운 무언가를 찾아내서
다시 삶의 활력을 찾아야 한다
극복해야 한다 말하지만

사실 이 시기에 진정으로 필요한 것은
지금 이 순간,
내가 느끼는 권태로움을 받아들이는 것이다.

우울해지면 우울해지는 대로
무기력해지면 무기력해지는 대로
잔잔하게 몸과 마음을 기대는 것.

억지로 벗어나려 애쓰기 보다

오히려 나른한 시간을 보내는 것.

그러다 보면 의외로 무사히 그 시기가 지나가고

언제 그랬냐는 듯 다시 일어서기도 한다.

견디면 오더라.

좋은 사람이, 좋은 순간이.

— 버티면 지나가고,
　지나가면 오더라 좋은 날들이

　삶이 너를 괴롭히더라도 슬퍼 말고
　불행이 너를 찾아와도 주저앉지 마라.

　지금 당신에게 찾아온 힘듦과 불행도
　좋은 거름이 될 뿐이다.
　거센 바람에 흔들리고 차가운 비에 흠뻑 젖고,
　뜨거운 햇살을 견뎌야만 마침내 싹이 돋고
　그렇게 힘겹게 피어난 꽃에는
　분명 열매라는 대가가 있다.
　다소 늦더라도

그대는 반드시 훗날 분명 누구보다
예쁜 꽃을 피울 사람이다.

그러니 좌절하지 않아도 괜찮다.
지금 불행과 힘듦도
희망과 행복으로 과정일 뿐이다.
견디고 견디면 반드시 찾아온다.
좋은 사람이.
좋은 순간이.

말을 조심해야 하는 이유

── 생각을 조심하라,
　　언젠가는 말이 되니까.

　　말을 조심하라,
　　언젠가는 행동이 되니까.

　　행동을 조심하라,
　　언젠가는 습관이 되니까.

　　습관을 조심하라,
　　언젠가는 성격이 되니까.

　　성격을 조심하라,

언젠가는 운명이 되니까.

생각은 결국 말이 되고
말은 결국 행동을 하게 만들고
행동은 결국 습관이 되고
습관은 결국 성격이 되고
성격은 결국 내 삶이 되고
결국 우리의 인생은
우리가 생각하는 대로 흘러간다.

우리의 뇌는 생각보다 단순해서
우리가 꾸준히 생각하는 것들을
뇌는 정말 진실이라 믿는다.

생각은 뇌를 조종해 행동하게 만드는 힘이 있다.

불평, 불만만 섞인 말을 하면 우리의 뇌는
부정적인 행동을 하게 만들어
삶은 점점 피폐해져간다.
그러니, 스스로 긍정적인 확언을 자주 해야 한다.
많이 하면 할수록 우리의 뇌는
내 삶을 더 좋은 방향으로 이끌어준다.

그러니 더 나은 인생을 만들고 싶다면 지금 당장
긍정적인 생각을 가지고 긍정적인 말을 뱉는 것부터
시작해라.

2부

사랑과
사람,

그 사이

사랑이 행복할 줄만 알았다면 착각이다

— 우리는 모두
  행복을 좇아 사랑을 시작하지만
  모든 순간 행복할 수만은 없는 것이
  사랑이다.

  엇갈리는 순간은 계속되고
  그만큼 부단히도 다투며
  사랑이 커질수록 욕심도 커져
  점점 더 큰 사랑을 바라게 되니까.

  결국 사랑은
  함께여서 행복하다
  함께여서 고달픈 것이다.

사랑이 마냥 행복할 줄만 알았다면
그건 큰 착각이다.

술도 쓴맛 뒤에 단맛이 느껴지기 마련.
사랑이 달콤한 음료라고 생각했다가
쓴맛이 난다며 뱉어버린다면
당신은 사랑할 준비가 안 된 것이다.

진정한 사랑이란
당장 헤어질 듯 다투더라도
얼굴 보고 실컷 싸우자며
곁을 떠나지 않는 것이다.

우리 서로 때문에 우는 날도 있겠지만
그래도 서로 덕분에 웃는 날이 있다면
그것으로 되었다고.

너에게 그 어떤 것도 바라지 않는다고.
그저 이 만남을 이어갈 수 있다면
가시밭길이라도 맨발로 따라가겠다고.

영원은 없다는 걸 알지만
그럼에도 영원을 바라며 머무는 것이다.

그 각오 뒤에 행복이 있다.

버스와 사랑은 한 번 떠나면
돌아오지 않는다

—— 왜 우리는 살결이 맞닿아 있을 때는

그 따스함을 모르다가

온기가 느껴지지 않을 만큼

멀어지고 나서야

추위에 떨며 후회하는 걸까.

그토록 간절히 원했던 사람인데,

그 간절했던 사랑이 이루어졌음에 감사하며

소중히 아껴주어도 모자란 시간에

왜 익숙함이란 얄미운 감정에 눈이 멀어

그 소중함을 보지 못하고 있는지.

곁에 있을 때에도

그 간절했던 마음을
잘 간직하고 있다면
스스로 행복을 걷어차는
어리석은 짓은 하지 않았을 텐데.

버스와 사랑은 한 번 떠나면 돌아오지 않는다.

익숙함에 현혹되는 순간
관계는 소원해지기 마련이고
정신을 차렸을 땐 이미 떠나고 없다.

그렇기에 늘 내 마음을 경계해야 한다.
혹시나 소홀히 대하고 있지는 않은지

자주 나를 돌아봐야 한다.

지금 당신 곁에 있는 그 사람은
당신이 생각하는 것보다 더 소중한 사람이다.

사랑의 최종 형태

— 설렘과 두근거림이 지나고
편안함과 자연스러움만이 남은 관계에도
사랑은 있다.

여기서 말하는 편안함이란
익숙함이 그 자체로 소중해졌다는 것이다.
곁에 있음이 익숙해져
그것을 당연함으로 여기고
상대방의 소중함을 보지 못하는 게 아닌,
오히려 익숙함의 소중함을 깨우친 것이다.

전처럼 눈빛만 닿아도
가슴이 뛰지는 않지만,

여전히 서로 다름은 끝이 없고

가끔 화가 날 때도 토라질 때도 있지만

그럼에도 마주 잡은 손은 절대 놓지 않으며

서로가 없는 삶은 상상할 수 없는

애틋한 관계로 발전한 것이다.

잘 보이기 위해 치장하는 것보다는

있는 그대로의 모습이 자연스럽고

밤에 벌거벗고 뜨거워지는 것보다는

따듯하게 이불을 덮어주는

그런 사랑이 되었다는 것.

나는 그것이 사랑의 최종 형태라고 믿는다.

이별이 정해져 있기에 사랑은 아름답다

— 사랑은 시작한 그 순간부터
　이별이란 숙명을 피할 수 없다.

　결혼하여 백년해로하더라도
　결국에는 언젠가 죽음이란
　이별을 맞이하기 마련이니까.

　이때 누군가는 말한다.

　그렇다면 이별이 정해진 사랑은
　결국 고통과 그리움만을 남길 텐데
　이는 부질없는 것이 아니냐고.

결코 그렇지 않다.
사실 사랑은 이별이 정해져 있기에
그 가치가 더욱 빛나는 법이다.

이 설렘이, 황홀함이, 애틋함이,
너와 내가. 영원할 수 없기에.

지금 이 순간 언젠가 사라질
우리의 사랑을 만끽하고
조금이라도 더 눈과 가슴에
담아내기에도 모자라니까.

순간순간이 다시는 없을

소중함 그 자체이기에

사랑은 아름다운 것이다.

외로울 때 사랑을 찾지 마라

— 외로움에 못 이겨 시작한 사랑은
결국 스스로를 더 큰 외로움의
구렁텅이로 내모는 것이다.

외로움의 이유를 사랑의 부재로 착각해
급하게 시작한 사랑은 잠깐의 따듯함에
이 사랑이 나의 공허를 채워주고 있다고
느낄지 모르나 온전치 못한 그 사랑에는
빈틈이 있어 그 사이로 찬 바람이
계속 들어올 것이다.

급하게 만든 도자기가 단단할 리 있나.
미풍에도 쉽게 갈라지기 마련이다.

결국 얼마 지나지 않아 깨질 것이고
깨진 파편은 서로에게 튀어
상처만을 남긴 채로 관계는 끝나고 만다.

그 뒤엔 허무와 아픔이 더해진
더 큰 외로움이 찾아올 뿐이다.

외로울 때 사랑을 찾지 마라.
외로움을 달래려 사랑을 시작할 바에는
홀몸을 부둥켜안고 울부짖는 것이 낫다.

그 시기를 버티고
내가 마음의 여유를 찾았을 때

예상치 못한 인연이 찾아온다.
그때 만들어 가는 사랑이야말로
나를 빈틈없이 감싸줄 것이다.

사랑을 시작할 때

— 사랑은 상대방이 옷이 아닌
마음을 벗기고 싶을 때 시작하는 것이다.

구석구석 어딘가에
상처가 있지는 않은지,
어떤 아픔을 가지고 있는지.

억지로 밝은 척 가면을 쓰고
연기하며 살아가는 삶 속
웃는 얼굴 뒤에 숨겨져 있는
그 모든 치부마저도 안아줄 수 있을 때.

화려한 외면을 넘어

가녀림마저 사랑스러워 보일 때.

이 사람이 나로 인해 행복해졌으면 좋겠다고,
어떻게든 꼭 행복하게 해주겠다고
각오를 다졌을 때
그 애틋한 마음을 가지고 다가가는 것이다.

아름다움에 반하여
취하고 싶은 욕구만이 앞선다면
그건 풋사랑에 지나지 않는다.

아름다움에 반하였더니
그 사람의 모든 면이 아름다워 보이고

상처마저 품어주고 싶다면

그것이 진정한 사랑이다.

아름다운 이별은 없다

— 세상에 아름다운 이별은 없다.
서로가 아름다웠던 시간이 있었을 뿐이다.

사랑하는 사람이 떠났으면
망가지는 게 당연한 것이다.
어른스러운 척, 덤덤한 척하며
아름답게 떠나보내는 그런 건 없는 거다.

만약 아무렇지 않게 보내줄 수 있다면
그 관계는 사랑이었다 말할 수 없다.
진심이었다면 아무렇지 않을 수 없을 테니까.

그러니 울고 싶으면 울어라.

이별의 아픔은
이겨내는 것이 아니라 비워내는 것이다.
억지로 괜찮은 척할 필요 없다.
차라리 실컷 슬픔을 게워내라.
조금이라도 후련해지도록.

당신이 상대방을 소중히 했던 마음의 깊이와
이별 후 괴로움의 깊이는 비례한다.
바닥을 모를 만큼 깊은 사랑이었다면
작별의 때에 답도 없이 아파하는 건
당연하고도 자연스러운 것이다.

당신은 그런 사랑을 한 것이다.

순수하고 진실된 사랑을.

하지만 영원할 것이라 믿었던 사랑도 떠났듯
이 아픔 또한 영원하지 않다.
울고, 망가지고, 그리워하다 보면
어느 순간 슬픔은 비워지고
행복했던 추억들만 가슴속에 남아있을 것이다.

**보석은 임자를 잃었다고
그 가치마저 잃지는 않는다**

— 이별의 이유는 하나다.
　두 사람 사이에서 무슨 일이 있었든
　모든 사정을 막론하고
　결국은 사랑이 쇠했기 때문이다.

　사람들이 무언가를 버릴 때
　그 이유가 무엇인가.
　쓸모가 다했거나, 상했기 때문이다.
　다시 말해 더 이상 필요 없기 때문이다.

　사랑도 마찬가지다.
　이별의 이유는 그 사람이 보았을 때
　당신이 쓸모가 다했기 때문이다.

당신에 대한 감정이 상했기 때문이다.
다시 말해 더 이상 사랑하지 않기 때문이다.

그 누구도 자신이 아끼고 사랑하는 것을
눈물을 머금고 버리는 일은 없을 것이다.

사랑받지 못한 것만이 버려진다.
냉혹한 현실, 그것이 이별이다.

하지만 그렇다고 해서
자신은 가치를 잃었다고,
누구에게도 사랑받지 못할 것이라고 단념하거나
내가 못난 탓이라며 자책하지 마라.

보석은 임자를 잃었다고
그 가치마저 잃지는 않는다.
당신도 그렇다.
그 사람 한 명이 몰라봤을 뿐
당신의 가치가 바래진 것은 아니다.
여전히 값지고, 귀하고, 빛난다.

분명 그런 당신의 가치를 알아보고
그만큼 애지중지하며
사랑해 주는 사람이 나타날 것이다.

그럼, 다시 사랑하기를.

당신은 사랑할 때 가장 아름답다

— 이별이 아프다고 해서
　다시는 사랑하지 않겠다고 다짐하지 마라.

　절벽의 끝은 바다의 시작이다.
　이별은 사랑의 끝이 아닌
　또 다른 사랑의 시작을 의미하니
　당신은 더욱 성숙해진 모습으로
　새로운 사랑을 맞이할 준비를 해라.

　그렇게 몇 번의 만남과 이별을 겪다 보면
　자연스럽게 사람을 보는 안목이 달라진다.
　또, 아닌 인연을 단호히 끝낼 수 있는 용기와
　이별 후에 아파하더라도

다시 사랑할 수 있다는 자신감이 생긴다.

사랑은 한 평생
딱 한 번 찾아오는 것이 아니다.

한 겹의 사랑을 지나 보낸 사람아,
지금의 고통이 크더라도
사랑하는 것을 포기하지 않았으면 한다.

사랑할 때 누구보다 진심이었고,
할 수 있는 최선을 다했다면 그것으로 되었다.
충분히 슬퍼하다 다시 일어나라.
마음을 추스르고 안정을 찾았을 때

사랑은 또다시 당신 곁으로 날아올 것이다.

당신은 사랑할 때 가장 아름답다.

다시 사랑하거라, 다시 사랑받거라.

사람은 주변의 색깔에 물든다

— 사람들은 모두 처음에는 무(無)색이다.
때문에 어떤 색이든 될 수 있다.

무색의 순수함은 살아가며 어떤 색깔
곁에 있느냐에 따라 그에 맞게 물든다.

빨간색 곁에 있으면 빨간색이 되고,
파란색 곁에 있으면 파란색이 되고
검은색 곁에 있으면 검은색이 된다.

이렇듯 주변 환경이 중요하다.

곁에 미래지향적이고 열정적인

사람들이 많다면 그 영향을 받아

나 또한 성장하는 기쁨을 누리며 살아가게 되고

곁에 암울하고 부정적인

사람들이 많다면 그 영향을 받아

나 또한 퇴보하는 삶을 살아가게 된다.

그러니 원하는 인생이 있다면

그 인생을 살고 있는 사람들 주변으로 가라.

만약 가는 길에 누군가 발목을 붙잡는다면

그 관계는 미련 없이 떨쳐내고 가라.

당신 앞길을 막는 사람에게

당신의 소중한 시간을 낭비하지 마라.

내 인생이 검은색으로 물들지 않고
원하는 색이 되어 빛날 수 있도록
주변 환경부터 잘 가꾸어나가자.

지금 당장 주변을 둘러봐라.
당신 곁에 있는 사람들은 어떤 색인가?

가까워졌다고 해서
함부로 대해도 된다는 건 아니다

—— 사람 간에 갈등은

서로가 편해지고부터 생긴다.

가까운 사이가 아니었을 때는

말투 하나하나, 행동 하나하나

혹여 상대방이 불쾌함을 느낄까 조심하게 되지만

아이러니하게도 친분을 쌓고

가까운 관계가 되고 나면

그때부터 함부로 대하기 시작한다.

점점 말과 행동에 배려가 줄어들고

이윽고 지켜야 할 선을 넘는다.

더 큰 문제는

이러한 행동에 상대방이 불쾌함을 표현하면
'친하다'라는 명분을 앞세워
정당화한다는 것이다.

오히려 불쾌함을 표현한 상대방을
속 좁은 사람으로 몰아가고
그렇게 두 사람의 관계는 멀어진다.

이처럼 무례함은 어렵게 이어진 유대의 끈을
일순간에 잘라버린다.

가까운 관계가 되었다는 것은
살아가는 동안 내 편이 되어 줄

소중한 인연이 되었다는 것이다.

그만큼 존중해 주어 마땅하며

상처 입히지 않도록 주의해야 한다.

소중한 사람을 잃고 싶지 않다면

허물 없이 대하되

예의와 배려를 잃지 않아야 한다.

친하다는 이유로

맹목적인 이해를 바라지 말아야 한다.

정이 많은 사람들에게

— 정이 많은 성격을 가지고 있어
자신의 울타리 안에 들어온 사람에게
아낌없이 마음을 주다가
이별에 때에 무던히도 아파하고

그렇게 상처가 쌓였음에도
또다시 나를 향해 문을 두드리는
누군가에게 마음을 열고
정을 주고 있는 자신을 발견하고는
같은 상처를 받을까 두려워하고 있는 사람들에게
나는 그냥 정을 줘도 괜찮다고 말하고 싶다.

어차피 천성적으로 정이 많은 사람에게

아무리 함부로 마음 주지 말라고

다그쳐도 소용없다.

누군가가 하지 말라고 했다고

바뀔 성격이었으면 이미 바뀌었을 것이고

지금 이렇게 걱정하고 있지도 않겠지.

다만 정이 많은 만큼 강해지라고 말하고 싶다.

자신이 좋아하는 사람에게 정을 주는 건 좋되,

혹여나 그 사람이 떠나더라도

담담해질 수 있는 강인함을 가지라고.

떠나는 사람에게 미련 두지 말고

그저 애정을 주면서 느끼는 그 순간의 행복을

즐길 줄 아는 여유를 가진 사람이 되라고.

정도 많은데 마음까지 여리기에
당신은 아픈 것이다.

떠날 줄 아는 사람이 되어라

— 인간관계에서는
소중한 사람과의 인연을
오래 이어가는 것도 중요하지만,

사실 그보다 더 중요한 것은
아닌 인연의 곁을 떠나야 할 때
기꺼이 떠날 줄 아는 것이다.

우유부단하게 한 번 내게 상처를 준
사람의 곁을 제때 떠나지 못한다면
상대방은 점점 대담하게
당신의 마음을 헤집어 놓을 것이다.

당연히 갈수록 상처는 깊게 파이고
겨우 그 사람 곁을 빠져나왔을 때는
이미 만신창이가 되고 난 후다.

정이라는 이유로 손에 쥐고 있는 것을
놓지 못하는 당신의 미련함은
결국 스스로를 공격하는 주먹이 되었을 뿐이다.

이제는 단호해지자.
쓰레기는 버리는 것이지 품을 게 아니다.

하고 싶은 말은 하면서 살자

— 스스로의 감정을 표현하는 것을
어려워하는 사람들의 공통적인 특징은
자존감이 낮다는 것이다.

자존감이 낮기 때문에
자신이 느끼는 감정에 솔직해지지 못하고
내가 이런 감정을 느끼는 것이
혹시 잘못된 것이 아닐까 의심한다.

예를 들어 누군가에 나에게
불쾌한 말을 던졌을 때
분명 내 기분이 상했음에도 불구하고
자신이 예민하게 받아들인 것은 아닐까,

상대방은 나를 위해 쓴소리를 한 것일 수도 있는데
내가 여기에서 내 기분만 앞세우며
상대방에게 면박을 준다면 잘못된 것이 아닐까
걱정하며 결국 속으로 삼키는 것이다.

분명히 알아야 할 것은
내 감정의 기준은 내가 정하는 것이고,
내 입장에서 불쾌했다면
그건 명백한 상대방의 잘못이라는 것이다.

상대방이 할 변명을
당신이 스스로에게 대신해주지 마라.
내가 느끼는 감정에 솔직해지고

느낀 대로 표현하는 것을 망설이지 마라.
속에 담아두기만 하면 병 된다.

애초에 내 감정을 존중해 주지 않는 사람이라면
곁에 둘 필요가 없다.
내가 기분 나빠해야 할 상황에서
그 마음을 표현했다고 떠날 사람이라면
그대로 떠나가도록 두는 것이 낫다.

더 이상 자신의 감정을
표현하는 것을 어려워하지 말기를.
하고 싶은 말은 속 시원히 하기를.
그렇게 당당하게 살아가기를.

사랑하며 살기에도 짧은 인생

— 삶이 영원하지 않고
  우리는 태어난 그 순간부터
  죽음을 향해 나아가고 있다.

  언제 죽음이 찾아올지 우리는 알 수 없다.
  보이지 않는 끝은 늘 예상치 못한 순간에
  눈앞으로 다가온다.

  하지만 사람들은 이 한정된 시간 속에서
  미움이란 감정으로 현재를 낭비하고
  서로 다투며 살아간다.

  그러다 삶의 끝자락에서

모질게 굴었던 순간, 다퉜던 순간,
의도치 않게 상처 줬던 순간들이 떠오르며
못해준 것에 대한 후회들이 밀려온다.

내 주변에 있는 사람들이
내 친구, 연인, 가족이 얼마나 소중한 존재였는지
어리석게도 그 마음을 표현할 수 없을 때가
되고서야 깨닫게 되는 것이다.

우리에게 남은 시간이 얼마나 있을지 모른다.
당장 내일 죽음이 찾아와도 이상할 것이 없다.

곁에 있을 때 잘해야 한다.

소중한 만큼 소중히 대해주어야 한다.

늘 오늘이 마지막인 것처럼

아낌없이 사랑해야 한다.

사랑하자, 사랑하며 살아가자.

드넓은 바다가 맑기만 하던가

—— 사람이 언제 가장 약해질까.

내가 믿었던 사람에게 실망하고
혼자가 되었다고 느껴질 때다.

반대로 사람이 언제 가장 강해질까.

어떤 상황에서도 나를 믿어 주고
지지해 주는 든든한 사람들이
곁에 있을 때다.

사람은 혼자가 되었을 때 가장 약해지고
혼자가 아니라고 느낄 때 가장 강해진다.

여기서 흔히들 하는 실수가

혼자이기 싫어 어떻게든 곁에

사람들을 많이 두려고 하는 것이다.

물론 넓은 인간관계는

순간의 외로움을 충족시켜 주고

여유와 즐거움을 주지만

그만큼 잦은 상처가 수반될 것이다.

드넓은 바다가 맑기만 하던가.

그 안에는 쓰레기와 오물들이 넘쳐난다.

인간관계 또한 마찬가지다.

넓을수록 꼭 그 안에는 나에게 실망을 줄

사람들이 곳곳에 숨어있기 마련이다.

그들에게 상처받는 날이 올 때마다
관계에 대한 회의가 쌓여
점점 사람을 믿지 못하게 될 것이고
결국 혼자가 되었다고 느껴 무너질 것이다.

그러니 넓은 인간관계에 집착하기 보다
좁더라도 맑은 강물 같은 관계를 키워나가라.
그 관계에서 진정한 든든함과 안정을 느껴
어떤 상황에서도 무너지지 않고
대차게 인생을 살아갈 수 있을 것이다.

누구나 미움은 피할 수 없다

— 사람들에게 미움받는 걸 무서워하지 마.
　원래 다들 그러면서 사는 거야.

　내가 아무리 잘 보이려 애써도
　어차피 누군가는 나를 싫어하기 마련이거든.
　이유를 만들어서라도 말이야.

　내가 뭘 그렇게 잘못했을까.
　도대체 나한테 왜 그럴까.
　억울하기도, 슬프기도 하겠지만
　그게 그 사람들이 원하는 거야.
　네가 무너지는 거.

살면서 누군가에게 미움받는 건

지극히 자연스러운 거야.

굳이 이유를 찾을 필요도,

애써 마음을 돌릴 필요도,

내가 못난 탓이라며 자책할 필요도 없어.

가끔씩 마음이 휘청일 때면

이것만 기억해.

넌 미움만 받고 있는 게 아니라는 걸.

네 곁에는 널 좋아해 주는 사람들이

더 많다는 걸.

불어오는 바람을 피할 수는 없어도

바람이 앗아갔던 온기를

채워 줄 사람들이 있다는 걸.

사실 상처가 두려웠을 뿐인데

—— 성격이 거칠고 예민한 사람은
사실 누구보다 겁이 많고 여린 사람들이다.

처음부터 이유 없이 타인에게
경계심과 적대심을 드러내는 사람이
누가 있을까.

단지 지난날에 받았던 상처로 인해
그것이 얼마나 아픈 것인지 알아버려서
내가 약한 모습을 보인다면
또다시 같은 상처를 받게 될까 두려워
조금이라도 위협을 느끼는 순간이 오면
울기보다 물기를 택했던 것이다.

쥐도 궁지에 몰리면 고양이를 물듯
살기 위해 어쩔 수 없이
공격적으로 변할 수밖에 없던 것이다.

설령 이러한 나의 모습에
사람들이 피하고 떠나게 되더라도
어쩔 수 없이 스스로를 지키기 위해
성격이 날카롭게 변했을 뿐이다.

이처럼 자기방어를 위해
스스로 악역을 자처하는
애처로운 사람들에게 전하고 싶다.

당신은 그저 상처가 두려웠을 뿐

사실 누구보다 겁이 많고

여린 사람이라는 걸 나는 안다고.

항상 남을 경계하느라

하루도 마음 편할 날이 없었다는 것도.

당신에게 필요한 것은

자신을 해하지 않을 것이라는 확신일 것이다.

하지만 당신아, 모든 사람이 당신에게

칼을 겨누고 있지는 않다는 걸 알아주길 바란다.

조금만 경계심을 풀고 바라보면

닫힌 마음의 벽을 허물어 줄 만큼

따뜻한 정을 나누려는 사람들이 있을 것이다.

앞으로는 두려움에 잠식되지 말고
그들과 함께 평온한 삶을 살아가길 바란다.

분명 남보다 내가 더 중요하다

— 사람들은 대부분 남의 감정에 대해 예민하다.
혹시 자신을 안 좋게 생각할까 걱정하며
속마음이 궁금해 끊임없이 관심을 가진다.

하지만 문제는
정작 자신의 감정에 대해서는
크게 관심을 가지지 않는다는 것이다.

생각해 보자.
남이 자신을 안 좋게 생각할까 걱정하는 만큼
내가 스스로를 안 좋게 생각할까
걱정한 적이 있는가?
남에 대해서 알고 싶어 하는 만큼

나에 대해서 알고 싶어 한 적이 있는가?

많은 사람들이 아니라고 대답할 것이다.
우리는 그것을 반성해야 한다.

분명 나에게는 남보다 내가 더 중요한데
왜 남에게는 그렇게 관심이 많으면서
정작 나에게는 관심이 없는가.

이제는 남에게 향했던 관심을
나에게로 돌릴 차례다.

내가 스스로의 감정에 예민해져야 한다.

자꾸만 들여다보고 걱정해야 한다.
나에 대해 끊임없이 알아가야 하며
소중히 보살펴 주어야 한다.

나를 돌볼 사람은 나밖에 없다.

배려의 우선순위

— 배려의 우선순위는 나 자신이어야 합니다.

너무 남들에게만 배려하며 살지 마세요.
물론 타인을 존중하고 배려한다는 건
정말 멋진 일이지만
지나치게 남들만 배려하다 보면
정작 가장 중요한 나 자신에게는
점점 소홀해지기 마련입니다.

다소 이기적일지언정
우리는 언제나 나 자신을 우선시해야 합니다.
타인에게 좋은 사람이 되기 위해
스스로를 희생해가며 배려하지 말고

먼저 나 자신에게 좋은 사람이 되어야 합니다.

물론 눈살이 찌푸려질 만큼
이기적이어서는 안 되겠지만
누군가에게 미움받지 않으려고
나 자신보다 남들을 먼저 위한다면
결국 내가 나에게 미움받게 됩니다.

주변 사람을 나 몰라라 하라는 이야기가 아니에요.
함께 어울려 살아가는 세상 속
서로 돕고 돕는 것은 매우 바람직한 일입니다.
하지만 그럼에도 우선순위는
언제나 나 자신이어야 한다는 것입니다.

어쩌면 당신도 남들을 배려하느라
정작 자신에 대한 배려를 미루고 있지는 않나요?
당신보다 타인을 더 중요하게
대하고 있지는 않나요?

이제는 반대가 되어야 합니다.
내 인생에서 나보다 중요한 것은 없어야 합니다.

계절

─ 사람은 계절과 같다.

봄처럼 따듯한 사람도 있고
여름처럼 뜨거운 사람도 있고
가을처럼 시원한 사람도 있으며
겨울처럼 차가운 사람도 있다.

또 계절이 바뀌듯
누군가는 떠나가기도 하고
날씨가 변하듯
누군가는 변해버리기도 한다.

하지만 기다리면 봄이 오듯

좋은 인연이 새로 오기도 하며
지나갔다가 다시 돌아오는 계절처럼
떠난 인연이 돌아오기도 한다.

그러니 너무 하나하나 마음 쓰지 말기를.

인간관계도, 계절도
우리가 애쓴다고 어쩌지 못하는 것이다.

그저 지나가면 지나가는 대로
오면 오는 대로 자연스럽게 흘러가다 보면
사계절처럼 조화로워질 것이다.

모든 관계는 어떻게 될지 모르는 것이다

── 평생 함께 할 것 같던 인연과
평생 남보다 못한 사이가 되기도 하고

스쳐가는 인연일 거라 여겼던 사람인데
어느새 서로에게 스며들어
둘도 없는 사이가 되기도 한다.

기쁘면 같이 웃고
슬프면 같이 울었던 사람과
먼저 연락하기에도 어색할 만큼
서먹한 사이가 되기도 하고

어느 날 오랜만에 연락이 닿은 친구와

함께 울고 웃으며 특별한 사이가 되기도 한다.

이처럼 인간관계라는 건
정말 어떻게 될지 모르는 것이다.

그러니 우리는 그저
지금 우리 곁에 있는 사람에게만
최선을 다하면 될 뿐이다.

늘 모든 관계는
끝까지 같은 모양이 아닐 수 있다는 것을
마음속에 품고서.

밥 먹었어?

— '밥 먹었어?'라는 말은
언제 들어도 참 좋다.

끼니도 잘 신경 쓰지 못할 만큼
바쁘게 살아가고 있는 우리에게
밥은 챙겨 먹었냐는 걱정 어린 말은
무엇보다 따듯한 위로로 다가오곤 한다.

어찌 보면 별것 아닌
흔한 안부의 말이지만
그 안에는 많은 의미가 담겨있다는 걸 알기에
그 애틋한 마음이 고마울 뿐이다.

그래서 우리 또한

소중한 사람들에게 사소한 말 한마디에서

느낄 수 있는 정겨움을 건네 보는 게 어떨까.

할 수 있다면 조금 바쁘더라도

시간을 쪼개 함께 먹을 수 있으면 더욱 좋겠다.

좋은 인연들과 함께 먹는 식사 한 끼,

사소하지만 얼마나 큰 행복인가.

그래서 말인데

당신, 밥 먹었나요?

혼자가 좋은 사람은 상처가 많은 사람이다.

── 혼자가 좋은 사람은
사실 누구보다 사람을 좋아했던 사람이다.

믿었던 누군가에게 배신당하고,
상처받은 경험들이 쌓이다 보니
점점 남을 의심하고 잘 믿지 못하게 되다가
혼자가 편해져 버린 것이다.

그리고 깨달은 거다.
'누군가를 믿어봤자 얻는 건 상처뿐이다.'라고
그때부턴 어쩔 수 없이
스스로를 보호하기 위해 사람들을 경계하게 된다.

남들보다 정이 많았을 뿐이고

사람이 좋아 너무 많이 믿었고

그 사람들에게 온 진심을 다해 잘해줬을 뿐인데

돌아오는 건 배신과 상처뿐이었으니까.

그런 당신에게 꼭 하고 싶은 말이 있다.

사실 당신은 그저 상처가 많아서

스스로를 지키려다 보니

혼자가 편해진 상태가 되어버린 것이다.

그런 당신에게 필요한 것은 자책이 아닌

당신의 상처마저

더 큰 사랑으로 감싸줄 사람이다.

반드시 나타날 것이다.

당신에게 아낌없는 사랑과

끝없는 믿음으로 확신만 줄 사람.

꼭 그런 사람을 만나 데인 상처가 아물고

앞으로는 행복만 했으면 좋겠다.

모든 사람에게 사랑받을 수는 없다.

모든 사람에게 사랑받을 수는 없다.

인간은 신에게조차 욕을 한다.

누군가에 미움을 사지 않는 일은

신도 못하는 일이다.

그러니 모두에게

잘 보이려고 노력하지 않아도 괜찮고

누군가 나를 욕한다고

상처받을 필요도 없다는 말이다.

모두에게 잘 보이려 애쓰지 않아도 괜찮다.

내 곁에 있는 좋은 사람들과

행복한 시간만 보내기에도 짧은 인생이다.

좋은 사람을 만나는 것만큼 좋지 않은 사람을 내보내는 것도 중요하다. 아닌 인연은 더 이상 상처받지 말고 끊어내야 한다. 억지로 이어갈 필요가 없다. 내 곁에 있는 좋은 사람에게만 좋은 사람이면 된다. 인생은 그들만으로도 충분하다.

3부

찬란한

인생을

위하여

마음의 상처

— 많은 사람들이
안 좋은 습관을 가지고 있습니다.

몸에 생긴 상처는
어떻게든 치료하려 노력하지만
정작 마음에 생긴 상처는
어떻게든 외면하며 방치한다는 겁니다.

물론 떠올리는 것조차 끔찍하겠죠.
도저히 마주할 용기가 나지 않을 겁니다.
할 수 있다면 없었던 일처럼
평생 피하고 싶은 기억이겠죠.

하지만 억지로 외면하고
'시간이 지나면 잊혀질 거야'라며
방치한다면 치유할 수는 없을 겁니다.
오히려 시간이 지나면
짙은 흉터로 남아 평생 나를 괴롭히겠죠.

괜찮을 거라며 애써 외면하는 건
잠시 동안의 마취일 뿐
약이 될 수는 없다는 겁니다.

우리 몸에 상처가 났을 때
가장 먼저 해야 할 것은
상처를 정확히 파악하는 겁니다.

정확한 진단이 있어야
그에 맞는 적절한 치료를 취할 수 있고
회복도 빠르겠죠.

마음도 다르지 않습니다.
꺼내보기 무섭더라도, 피하고 싶더라도
조금만 용기를 내서 마주한다면
그제야 비로소 어떻게 이겨내야할지
길이 보일 겁니다.

더 이상 방치하지 마세요.
육체의 상처는 남이 치료해 줄 수도 있지만
마음의 상처는 자신만이 치료할 수 있습니다.

어른도 아프다

— 누구든 원해서 어른이 된 사람은 없을 것이다.

그저 시간이 흐르고 흐르다 보니
어른이라고 불려야 할 나이가 됐고,
그 순간부터 떠밀리듯 어른이 되었을 뿐.

세상이 어른이라고 기준해놓은 나이가 된
시점부터 자신의 마음대로 살아갈 수 있는
자유가 주어지지만 기쁨도 잠시,
그 자유의 대가가 무엇인지 알게 되기까지
그리 오랜 시간이 걸리지 않는다.

점점 책임져야 할 것들이 많아지고

외로움은 커져만 가며
힘들어도 내색하지 않아야 하고
의지할 곳도 사라져 간다.

갈수록 아프고, 힘들고, 슬퍼질 때가 많은데
그저 내 앞에 어른이라는 수식 하나 붙었다고
모든 것을 감내해야 한다.

그렇게 어쩌다 어른이 되어서는
힘겹게 하루하루를 살아가고 있는
모두에게 말하고 싶다.

어른이라고 모든 아픔을

다 짊어져야 하는 것은 아니라고.
가끔은 아이다워져도 된다고.

힘들면 주변 사람들에게 어리광도 부리고
슬프면 실컷 울어도 된다고.

현실에 맞춰 끌려다니지만 말고
동화 같은 삶을 꿈꿀 때도 있어야 한다고.

어른에게도 기댈 곳이 필요하고
지친 날에 파고들 품이 필요한 법이니
홀로 외로이 버티지 않아도 된다고.

고민에 대하여

— 고민이 없는 사람은 없을 것이다.

누군가는 과거에 대한 후회와 미련 때문에,
누군가는 사랑 때문에,
누군가는 인간관계 때문에,
또 누군가는 미래에 대한 염려 때문에.

각자의 사정들도 다양하다.

하지만 생각해 보자.
이러한 고민들은 지금껏 살아오며
늘 우리 곁에 있었다.

크고 작음의 차이가 있겠지만

삶은 언제나 고민의 연속이었다.

1년 전에도, 10년 전에도 우리는 고민하고 있었다.

과거 속 자신의 고민에 대해 떠올려보자.

그 고민의 끝이 어떠했는가?

결국 우려했던 일이 벌어졌는가?

아니면 생각보다 별것 아닌 일이었는가?

중요한 건 지나갔다는 것이고

지금의 우리는 그때의 고민을

생각하지 않는다는 것이다.

몇몇 고민은 생각조차 안 날 수도 있겠다.

말하고 싶은 건

지금 당신이 어떤 고민을 가지고 있든

그 고민 또한 시간이 지나면 사라진다는 것이다.

훗날 이 순간을 돌아보면 왜 그렇게 고민했는지

스스로가 미련스러워 보일 것이다.

고민에는 두 가지 종류가 있다.

하나는 해결할 수 있는 고민이고

하나는 해결할 수 없는 고민이다.

무엇이든 짧게 고민하고

고민한다고 해결되지 않을 고민이라면

스스로를 괴롭히지 말고 그냥 두어라.

과도한 고민은 현재를 망칠 뿐이다.

하루의 끝이 좋으면 인생이 좋아진다

── 하루를 기분 좋게 마무리하기 위해
자기 전 스스로에게 보상을 해주세요.

가령 맛있는 음식을 대접한다든지,
목욕으로 피로를 풀어준다든지,
좋아하는 문화생활을 한다든지.

가끔 자신을 위한 선물을 사는 것도 좋습니다.
나를 위한 소비는 사치가 아니에요.

자신을 돌보는 것도 능력입니다.
하루의 끝에 지쳐 쓰러지듯 잠드는 것과
스스로에게 보상을 해준 뒤 나아진 기분으로

잠에 드는 것은 천지 차이입니다.

하루 동안의 피로를 안은 채로
밤을 보낸다면 아침에 눈을 떴을 때에도
해소되지 않은 피로를 들고
하루를 시작하는 것이기 때문에
그날에 무엇을 하든
온전한 기량을 발휘하지 못할 것입니다.

그러나 고생한 스스로에게 보상을 줌으로써
지친 몸과 마음을 위로하고
피로를 해소한 뒤 잠에 든다면
수면의 질이 높아질 뿐만 아니라

회복된 컨디션으로 내일을 보낼 수 있습니다.
당연하게도 그날은 얻는 것이 많겠지요.

언제나 그랬듯 이 밤이 지나면 아침의 해가 뜹니다.
그럼 우리는 또다시 하루를 살아가야겠지요.
인생은 그 하루하루가 모여 만들어지는 것입니다.
그렇다는 건 우리에게 주어진 하루를
어떻게 마무리하고, 어떻게 시작하느냐에 따라
인생이 달라진다는 것입니다.

아침의 기분을 결정하는 건
지난밤 잠들기 전의 기분입니다.
꼭 자신에게 보상을 준 뒤 몸도 마음도 안정된 채로

하루를 마무리하시길 바랍니다.

당신의 찬란한 내일을 위해.

우리는 모두 청춘이다

— 아프니까 청춘이다?
아니, 앞으로 가니까 청춘이다.

청춘은 아픔이 아니다.
청춘은 도전이고, 희망이고, 용기고,
그 자체로 아름다움이다.

단순히 '청춘이기에 아파야 한다'가 아니라
자신의 목표와 꿈, 행복을 위해
세상의 풍파를 걷어내며
꿋꿋이 앞으로 나아가기에 청춘인 것이다.

물론 누구나 인생은 처음이기에

모든 것이 낯설고 그래서 서툴 수밖에 없으니
그 과정에서 성장통은 피할 수 없겠지만

자신의 길을 개척해 나간다는 것,
그보다 가치 있는 삶은 없을 것이다.

또한 청춘은 비단
나이가 어린 사람을 지칭하는 말이 아니다.
행복을 향해 나아가는 모두를 수식하는 말이다.

때로는 외롭기도, 때로는 힘들기도,
때로는 실수를 하기도, 때로는 고민하기도,
때로는 잠시 멈칫할 때도 있지만

포기하지 않고 달려가는 우리는 모두

청춘이다.

저마다 자신의 때가 있기 마련

— 지금 거울 속 당신의 모습이
어릴 적 자신이 상상하던 모습과
조금 다를 수도 있습니다.

과거에 생각했던 나의 지금은
늠름한 어른이 되어
사람들에게 인정받고
꽤나 화려한 삶을 살아갈 줄 알았는데

여전히 방황하고 있는 자신이 초라해 보이고
과연 내가 꿈꾸던 이상을 실현할 수 있을까
계속되는 의심 속에 작아지고 있을 수도 있겠죠.

그러나 포기하기에는 이릅니다.

사람은 모두 저마다 자신의 때가 있는 법입니다.
꽃들도 피는 계절이 다 다르듯이
아직 당신의 계절이 오지 않은 것뿐입니다.

기다리세요, 자신의 때가 오기를.
중간에 포기하지 말고
끝까지 노력하며 기다려보세요.
그 시간이 퍽 고단하겠지만
주인공의 서사가 고단할수록
영화의 하이라이트는 더욱 빛나기 마련입니다.

의심하지 마세요.

반드시 당신이 빛나는 때가 올 테니까.

어릴 적 상상 속의 내 모습,

현실이 될 수 있습니다.

아니 어쩌면 그 이상일지도 모릅니다.

쉼과 멈춤은 다르다

— 많은 사람들이 쉬는 것을 두려워한다.

남들은 열심히 뛰고 있는데
나는 쉬고 있다면 뒤처질 거라고,
도태되지 않으려면 계속 달려야 한다고
생각하기 때문이다.

하지만 분명히 알아야 할 것은
'쉼'과 '멈춤'은 엄연히 다르다는 것이다.

흔히들 쉰다는 건
멈추는 것이라고 생각하겠지만
쉼과 멈춤은 그 뜻이 명확하게 구분된다.

쉼은 나아가기 위함이고

멈춤은 나아갈 수 없음이다.

따라서 쉬는 것은 멈추는 것이 아니다.

오히려 멈추지 않기 위해 쉬는 것이다.

그동안 지칠 대로 지친 당신아,

이제는 잠시 쉬어갈 때다.

나무에 들린 새가 더 멀리 나는 법이다.

혼자만의 시간

— 어차피 혼자 먹을 거라며
음식에 신경쓰지 않고 먹다보면
점점 건강을 잃고

어차피 올 사람도 없다며
청소를 계속 미루다 보면
점점 지저분한 환경에 익숙해지고

어차피 눈치 볼 사람도 없다며
자기 관리를 하지 않다 보면
점점 자신감을 잃어간다.

혼자만의 시간은 누구에게나 꼭 필요하지만

그 시간 속에서 스스로를 놓아버린다면
당신의 세상은 점점 빛을 잃어갈 것이다.

오로지 자신에게 집중할 수 있는 시간인 만큼
더더욱 스스로를 귀하게 대접해주기를.

혼자만의 시간이지
혼자가 되어가는 시간이 아니다.

웃음이 많은 사람

— 겉으로는 웃음이 많고 행복해 보이는 사람도
속으로는 말 못 할 아픔을 가지고 있다.
이 험한 세상에서 살아오면서
어떻게 마음에 생채기 하나 없을 수 있을까.
다들 각자의 상처를 품고 있지만
그래도 밝음을 잃지 않고 살아가고 있을 뿐이다.

남들 앞에서 웃을 수 있기까지
혼자 얼마나 울었을지는 아무도 모른다.
그 끔찍한 시간 속에서
끝내 무너지지 않고 스스로를 지켜낸
대단한 사람들이다.

여리지만 강했던 사람.

마냥 순수해 보였던 웃음 뒤에는

이러한 속 사정이 숨겨져 있던 것이다.

그렇기에 웃음이 많은 사람일수록

더더욱 상처 주지 않도록 조심해야 한다.

이들이 보였던 웃음은

더 이상 아프기 싫다는 외침이었을 테니.

자신의 날개를 믿을 것

— 새는 하늘을 날 때
자신 있게 뻗은 두 날개에 몸을 맡기고
바람 사이를 가로질러 나아간다.

하지만 그때 만약
자신의 날개를 믿지 못하고
몸을 움츠린다면
그대로 떨어지고 말 것이고

그 경험은 트라우마가 되어
날개를 가졌음에도 날지 못하는
삶을 살아가게 된다.

사람도 마찬가지다.

꿈을 향해 나아갈 때
자신 있게 할 수 있는 최선을 다하며
힘차게 날갯짓해야 한다.

하지만 만약 자신을 믿지 못하고
중간에 포기한다면
아픈 실패를 맛보게 될 것이고

그 경험 때문에
충분히 다시 도전할 수 있음에도
자신감을 잃어 멈추게 될지도 모른다.

그러니 부디 자신을 의심하지 말기를.

당신은 분명 멋진 날개를 가지고 있다.
그 날개에 몸을 맡기고
당신을 멈추려 하는 모든 것들을 가로질러
힘차게 날아간다면
분명히 원하던 곳에 도착할 수 있을 것이다.

그곳의 경치는 얼마나 아름다운지
꼭 도착해서 알려주길 바란다.

감정에 무뎌진다는 것

—— 시간이 흐르면서 어느샌가
감정에 무뎌진 나를 발견했을 때
문득 우울해지곤 한다.

분명 우리도 작은 것들에도
설레고 행복해했던 시절이 있었다.

어릴 적에는 세상이 동화처럼 보이고
누구보다 열정적이고 순수하게 사랑도 했었고
그래서 크게 아파도 했었고

행복하면 행복한 대로,
슬프면 슬픈 대로

감정에 충실하며 살았었는데

이제는 정말 큰일이 아니라면
행복한 순간에도 피식 한 번 웃고 말고
슬픈 순간에도 한숨 한 번 쉬고 말고

모든 것들에 반응이 뜨뜻미지근해질 때
처음에는 내가 이렇게 된 게
좋은 건지 나쁜 건지 헷갈려 하다가

이토록 감정에 무뎌졌다는 게
왠지 그만큼 내가 지쳤기 때문인 것 같아서,
감정에 충실할수록 힘들다는 것이

무의식중에 심어졌기 때문에
나를 지키기 위한 방어기제로
이렇게 변해버린 것 같아서
문득 슬퍼질 때가 있다.

크게 감정 변화가 없다는 게 편하기도 하지만
우리도 가끔은 사소한 것에도 행복해하던 때로
돌아갈 수 있다면 좋지 않을까.

외롭다고 해서 무작정 타인을 찾지 마라

— 외로움에 못 이겨 밖으로 나가
  사람들을 만나고 웃고 떠들며
  즐거운 시간을 보내다가도

  집으로 돌아와 다시 혼자가 될 때면
  주변을 감싸는 적막한 공기가
  그렇게 차갑게 느껴질 수가 없다.

  방금까지 소란스럽고
  따듯했던 분위기 속에 있다가
  조용하고 서늘한 공간에 덩그러니 혼자 있다 보니
  밝았던 표정은 급격히 굳어지고
  기분은 끝없이 울적해지며

차마 말로 표현 못 할 공허함이 찾아온다.

가끔 즐겁게 웃고 떠들었던
내 모습이 꿈이었던 것처럼 느껴지기도 한다.
멍하니 누워있는 시간이 많아지고
밤이 되면 잡다한 걱정과 불안까지 더해져
새벽이 지나도록 괴로움에 시달리기도 한다.

그러다가 결국 지쳐버린다.
이런 상황이 반복되다 보니
점점 무기력해지고 쓸쓸함은 커져만 간다.
아닌 걸 알면서도 세상에 나 혼자인 것 같다.
그런 당신의 문제점은

외로울 때 타인에게 의지하려 한다는 것이다.

외로워지는 순간에 습관적으로 사람들을 찾고
그들에게 기대며 공허함을 채우려 하다 보니
당연히 혼자가 될 때면 누군가와 함께일 때와
크게 대비되기 때문에 사람들을 만나기 전보다
더 외로워지는 것이다.

타인이 채워줄 수 있는 외로움은 따로 있다.
스스로가 채워야 하는 외로움도 따로 있다.
나 자신이 먼저 외로워하는 스스로를 돌보고
어느 정도 안정된 뒤에 사람들을 만난다면
보다 더 평온에 가까워질 수 있다.

새벽이 어둡다고
당신의 마음까지 어둡게 하지 말기를

─── 새벽,
    겉으로 보면 평화로워 보이는 그 시간.

    새벽은 참 많은 감정들을 담고 있다.
    누군가는 달빛을 등불 삼아
    사랑하는 사람과 달콤한 속삭임을 나누고
    누군가는 말 못 할 걱정들로
    밤새 뒤척이며 무거운 숨을 연신 내뱉는다.
    또 누군가는
    어둠 속에 지친 몸을 숨기고 있을 테지.

    이 밖에도
    두려움, 초조함, 불안함,

우울함, 외로움, 슬픔 등등
각자의 사정들로 고요한 새벽을 채워간다.

가장 조용하지만 가장 시끄러운 이 시간,
하늘에 칠해진 검은색이
그들의 속사정을 숨겨주기 좋아서일까.
너도 나도 그동안 감춰왔던
감정들을 쏟아낸다.

당신은 어떤 새벽을 보내고 있나.

바람이 있다면 따뜻했으면 한다.
날은 서늘하더라도 마음은 안온하기를.

새벽이 어둡다고 해서
당신의 마음까지 어둡게 하지 말기를.

새벽은 그런 시간이니까.
어떤 삶을 살고 있든, 어떤 걱정을 품고 있든
은은하게 남겨둔 채로 잠을 청하는.
그런 시간.

밤하늘

— 칠흑처럼 어둡기만 한 내 삶이
가끔 너무 무섭고 불안할 때가 있을 거야.

인생이란 게
좋은 일만 있지는 않다는 건 알고 있지만
계속되는 불행과 고난을 겪다 보면
점점 눈앞은 깜깜해지고
어느새 아무것도 보이지 않게 되지.

그때부터는 어둡기만 한 밤하늘 속을
무작정 걷는 것 같은 기분이 들 거야.
당연히 무섭고, 외롭고, 힘들겠지.

하지만 그럴수록 걷는 것을 멈추면 안 돼.

너의 주변을 둘러싼 어둠은

그저 너란 빛을 더욱 밝혀 줄

배경에 불과하다는 걸 기억해.

지금은 어디로 가야 하는지도 모른 채

지친 몸을 가까스로 이끌고

정처 없이 떠도는 것 같아도

너의 발걸음은 헛된 게 아니라

밤하늘이라는 너의 인생에

별이라는 자취를 남기고 있는 거야.

한 걸음, 한 걸음 계속 가다 보면
어느새 어둡기만 했던 밤하늘은
별빛들이 반짝이는 예쁜 그림이 되지.

너의 발걸음들이 모여
아름다운 인생을 만들어가고 있는 거야.

그러니 가끔 무섭고 불안하더라도
마냥 쭈구려 울고만 있지 말자.

다시 일어나서 걷자. 걷는 거야.

과거는 추억이고 미래는 설레임이다

— 지나간 과거는 추억이고,
　다가올 미래는 설레임이다.

　돌이킬 수도 없는
　과거의 후회에 얽매이고
　불안정한 현재에 좌절하다
　이윽고 공황에 빠져
　극도의 불안감과 공포를 느낀다면

　지금 당신이 해야 할 일은
　나를 집어삼키려 드는
　부정한 감정들에게서
　힘껏 저항하는 것이다.

여기서 무너지지 않겠다고.
예상치 못했던 힘듦을 겪었으니
예상치 못했던 좋은 일 또한
나를 찾아올 것이라고.
그렇게 믿자.

본디 어두웠던 새벽이 지나고
달이 저물면 해가 뜨는 것이
세상 이치 아니던가.

너무 걱정하지 말고
불안정한 마음부터 가다듬자.

당신의 과거는 최악이지 않았다.

지나간 과거는 결국 멀리 보면 추억일 뿐이다.

당신의 미래는 서럽지 않을 것이다.

오히려 미래는 어떤 행복이

기다리고 있을지 모른다는 설레임이다.

부디 희망을 놓지 말기를.

주인공은 나

— 내 인생의 주인공은 나다.

남들이 짜놓은 각본에 맞춰
엑스트라로 살아가지 마라.

타인의 시선을 의식하며
혹여나 미움 받을까,
혹여나 도태될까 두려워
이리저리 눈치보며
나의 뜻을 떳떳히 펼치지 못하는 삶은
결국 실에 매달린 인형에 지나지 않는다.

인생은 내가 그리고 싶은 그림을

내 손길 가는 대로, 붓이 칠해지는 대로
자유롭게 그려나가는 것이지
남들이 정해놓은 퍼즐에
억지로 내 모양을 깎아
우겨넣는 것이 아니다.

우리는 모두 인격을 가진 인간이다.
주체적인 삶을 살아갈 의무가 있다.
내가 나의 인생에
감독이자, 작가이자, 연출가가 되어야 한다.

내 인생은 내 것이다.
빼앗기지 말아야 한다.

눈물은 참는 게 아니야

— 슬플 때 흘리는 눈물이 짠 이유는
마음에 생긴 상처가
씻겨 나오기 때문이야.

근데 울지 않으려고
나오려는 눈물을 억지로 참으면
다시 마음속으로 들어가
눈물 속 불순물들이 계속 상처를 건드려
결국 곪아 터지게 될 거야.
그럼 더 아프겠지.

그러니까 그냥 울어버려.
참는 게 미련한 거야.

울어야 빨리 나아.

괜찮은 척한다고 괜찮아지는 게 아니야.
울지 않는다고 강한 게 아니야.

오히려 힘들 때 실컷 힘들어하고
울고 싶을 때 실컷 울었던 사람이
더욱 단단해지는 법이야.
마음에 있던 아픔들을 다 털어냈거든.

이제는 감정에 따라 반응하는
신호에 몸을 맡겨봐.
억지로 제어하려고 하지 말고.

사람이 놀라면 머리를 감싸는 것도,

추우면 몸을 웅크리는 것도,

슬프면 눈물이 나오는 것도

결국 나를 보호하기 위해서야.

다 이유가 있는 거야.

할 수 있다는 믿음

— 꽃이 예쁘게 필 수 있었던 이유는
스스로를 믿었기 때문이다.

자신에 대한 한 치의 의심도 없었기에
뜨거운 햇빛도, 차가운 비도, 매서운 바람도
견딜 수 있었던 것이다.

꽃도 처음에는 흙 속의 씨앗이었다.

주변이 온통 어둠뿐인 환경 속에서
비록 지금은 땅속의 씨앗이지만
훗날 누구보다 활짝 피어나겠다고 다짐한 순간
새싹이 되어 처음 빛을 보았고

그 뒤에 오는 해와 비, 바람이라는
고난들이 끊임없이 괴롭힐 때에도
스스로를 믿어 의심치 않았기 때문에
끝까지 버텨내어 보란 듯이 피어날 수 있었다.

이처럼 무엇이든
할 수 있다고 믿기 때문에 가능한 것.
아무리 허황된 꿈이라 할지라도
자신을 믿는 순간 1%의 가능성이 생기고
그때부터 시작이다.

자신을 믿지 않는 사람은
꿈을 가질 자격도 없다.

순간의 미(美)

— 시들 걸 알면서도 꽃을 사듯,
　죽을 걸 알면서도 살아가는 거죠.

　끝이 정해져 있다는 건
　그 끝으로 가는 모든 순간을 특별하게 합니다.

　시들 것이 정해져 있기 때문에
　꽃의 생기가 특별한 것이고,
　죽음이 정해져 있기 때문에
　인간의 삶이 특별한 겁니다.

　만약 생명에 영원의 시간이 보장된다면
　순간의 소중함은 없어질 것이고

삶은 의미를 잃어버릴 겁니다.

언젠가는 우리도 한 줌의 재가 되어
자연 속의 일부가 될 테지만
그렇기에 살아가는 모든 순간은 가치 있습니다.

웃는 날도, 우는 날도 있겠지만
어느 하루 의미 없는 날은 없습니다.

인생에 두 번 있는 날은 없고,
하루하루가 다신 안 올 소중한 시간입니다.

오늘을 즐기며 살아가세요.

그러지 않을 이유가 없습니다.

그대는 반드시 예쁜 꽃을 피울 사람

— 꽃은 저마다 피는 시기가 다 다르다.
개나리는 개나리대로, 동백은 동백대로
자기가 피어야 하는 계절이 따로 있다.
모두 자신의 때를 기다렸다가 피어난다.

늦지 않았다. 조급해하지 마라.
아직 당신의 때가 오지 않았을 뿐이다.
포기하지만 않으면 괜찮다.

현재의 노력은 성공의 거름이 되어
훗날 누구보다 예쁘게 피어날 것이다.

잊지 마라.

다소 늦더라도

그대는 반드시 예쁜 꽃을 피울 사람이다.

에필로그 ─────────────────────────

저는 무너지려 할 때마다
저에게 가장 필요했던 글을 쓰며
마음을 다잡고는 했습니다.

이 종이에 펴낸 글들은
사실 제가 저를 위해 썼던 글이었습니다.

인생을 살아가며
힘들고 지칠 때 필요했던 위로,
포기하고 싶을 때 필요했던 용기,
행복하고 싶을 때 필요했던 희망이었습니다.

이제는 더 이상 저만을 위한 글이 아닌
모두에게 바치는 글이 되었습니다.

우리가 비슷하다면
어쩌면 당신에게도 필요했던
글이었을지도 모르겠습니다.

한 번뿐인 인생 어떻게 살아야 하는가

ⓒ박찬위

초판 1쇄   2023년 3월 28일
초판 9쇄   2024년 3월 11일

지은이   박찬위
디자인   홍성권
펴낸곳   하이스트 출판사
출판등록   2021년 5월 21일 제2021-000019호
이메일   highest@highestbooks.com

ISBN 979-11-9764-767-3